LES

ODEURS DE PARIS

ASSAINISSEMENT DE LA SEINE

PAR

FRANCISQUE SARCEY

PARIS,

GAUTHIER-VILLARS, IMPRIMEUR-LIBRAIRE
DE L'ÉCOLE POLYTECHNIQUE, DE L'OBSERVATOIRE DE PARIS,
Successeur de Mallet-Bachelier,
Quai des Augustins, 55.

1882

LES

ODEURS DE PARIS

ASSAINISSEMENT DE LA SEINE

PAR

FRANCISQUE SARCEY

———

PARIS,

GAUTHIER-VILLARS, IMPRIMEUR-LIBRAIRE

DE L'ÉCOLE POLYTECHNIQUE, DE L'OBSERVATOIRE DE PARIS,

Successeur de Mallet-Bachelier,

Quai des Augustins, 55.

1882

Paris. — Imp. Gauthier-Villars, 55, quai des Grands-Augustins.

PRÉFACE

Ces articles ont été écrits pour le *XIXe Siècle*. L'Administration a pensé qu'il serait utile de les réunir en brochure.

Je crois, en effet, qu'ils pourront aider à vaincre des préjugés aussi tenaces que ridicules.

J'en ai donc autorisé la reproduction.

Je leur ai laissé leur forme première, sans y rien changer qu'un petit nombre de mots, par-ci par-là.

Je serai vraiment bien aise si, parmi ceux qui liront ces pages, quelques-uns se sentent pris du désir de rendre visite aux cultures maraîchères de Gennevilliers, et s'en reviennent, en disant :

« J'ai voulu voir, j'ai vu. »

Quand vous aurez vu, le préjugé tombera, soyez-en sûr.

ODEURS DE PARIS

ASSAINISSEMENT DE LA SEINE

Voilà que l'on recommence à se plaindre des odeurs de Paris. Je sais bien que pour notre part, dans le neuvième arrondissement, nous avons eu ce mois-ci deux jours ou plutôt deux soirs fâcheux à traverser. Deux soirs, ce n'est pas bien terrible, et nous n'avons encore rien à dire. Mais il paraît que d'autres quartiers sont moins favorisés que le nôtre.

Je reçois une lettre à ce propos, écriture féminine, et signée... attendez, vous allez recevoir un coup... signée : *duchesse de* ***. C'est sans doute une façon de m'indiquer que la lettre vient du faubourg Saint-Germain. Duchesse ou épicière, la personne qui m'écrit se plaint, d'un style si aimable en sa préciosité, que je donne l'épître tout entière :

MONSIEUR,

Mes volets sont clos, mes fenêtres et mes portes sont munies de leurs bourrelets; mes rideaux sont fermés hermétiquement; autour de moi des fleurs fraîchement cueillies, tubéreuses, chèvrefeuilles, jacinthes, mêlent leurs parfums violents; de grands vases pleins d'eau de Cologne envoient dans l'air leurs émanations; cinq ou six pastilles du sérail déroulent leurs spirales odorantes; je me tiens le nez d'une main (ah ! duchesse, duchesse !) et j'écris de l'autre. Eh bien ! cela sent mauvais quand même, cela sent mauvais malgré tout, cela sent la vidange cuite. (Pourquoi *cuite*, duchesse ?)

On a fermé l'usine de Nanterre, et vous voilà bien content. Mais nous autres, habitants de la rive gauche, nous abandonnerez-vous à notre malheureux sort ?

Je parle seulement de ce que je connais : Depuis le Point-du-Jour jusqu'à la gare Montparnasse et au delà, tout le *secteur*, comme on disait pendant le siège, est régulièrement empoisonné deux ou trois fois par semaine.

Pauvre faubourg Saint-Germain ! Vous connaissez ces images de la quatrième page de la *Vie Parisienne*. Un jeune élégant, aux genoux d'une charmante femme, lui dit en la regardant avec extase :

« Grand Dieu ! ma chère Yolande, que vous avez donc l'haleine fétide !

— Et la vôtre donc, Adhémar, croyez-vous qu'elle sente la rose ?

— Usons tous deux de l'élixir dentifrice Z..., et il n'y paraîtra plus. » .

Ces dialogues extraordinaires sont devenus la conversation courante du noble faubourg.

On échange des propos comme ceux-ci :

Le vidame. — Palsambleu ! madame la marquise, ça pue ferme dans vos salons !

La marquise. — Mais vous-même, vidame, vous m'engloutissez le cœur. Dans quoi donc avez-vous marché ?

Le vidame. — Moi ! j'ai marché dans la rue. C'est l'air frais de la nuit qui est resté imprégné à mes vêtements.

Une chanoinesse (à la marquise). — Est-ce qu'on vidangerait en bas, ma toute belle ?

La marquise. — Point du tout ; c'est tout les jours comme cela.

Le vidame. — Je ne vois point le marquis ; serait-il indisposé ?

La marquise. — Oui, heureusement.

Le vidame. — Comment, heureusement ?

La marquise. — Il a un rhume de cerveau.!

La chanoinesse. — Espérons qu'il ne guérira pas de longtemps.

La marquise. — Vous partez, vidame ?

Le vidame. — Il n'est si bonne Compagnie Lesage qu'on ne quitte.

Etc., etc.

Et voilà trois ans que cela dure ! Oui, depuis l'abominable été de 1880, ceux qui n'avaient rien fait pour prévenir le mal n'ont rien trouvé pour y remédier.

Je me trompe ; un ministre, je ne sais lequel, a demandé à un savant un rapport sur les mesures à prendre.

« Et surtout, lui a dit Son Excellence, ne regardez pas à l'argent ; proposez ce qu'il y aura de plus efficace, quand cela devrait nous coûter les yeux de la tête. »

Le savant ne se le fit pas dire deux fois. Il imagina un projet grandiose et dépensa en imagination des sommes fabuleuses. Nous avons tous lu jadis son intéressant travail ; puis

Souffla le vent, souffla le vent.

Il emporta le ministre et le rapport, et continua de nous apporter en revanche des miasmes nauséabonds.

Tout s'est borné à la fermeture de l'usine de Nanterre, comme si les établissements situés au sud de Paris étaient moins infects. Hélas ! en deçà de la Seine ou au delà, la caque sent toujours le hareng, et tant qu'il y aura de ces établissements-là dans la banlieue, ça puera dans nos chambres.

Mais que fait donc, grand Dieu ! ton tonnerre là-haut ?

comme dit Othello ; ou, plus simplement, à quoi pense notre Conseil municipal élu ? Y eût-il jamais affaire plus municipale que celle-ci ? S'il faut de l'argent, que ne nous en demande-t-on ? Impôts, emprunts, souscription publique, nous sommes prêts à tout. Puisqu'il faudra tôt ou tard en venir là, que ne commence-t-on de suite ? Qu'on nous saigne, mais qu'on ne nous asphyxie plus. On nous promet de l'eau en abondance et du gaz à bon marché ; l'air respirable est encore plus nécessaire.

Avez-vous fait, monsieur, une petite réflexion ? Si Paris avait été empesté de la sorte sous l'empire, quel déchaînement contre M. Haussmann et contre le Conseil municipal nommé par le Gouvernement !

Au moins nous avons une presse libre.

De grâce, monsieur, souffrez que nous en usions avec vous comme le juge qui envoyait son clerc jurer pour lui dans l'antichambre : criez pour nous ; criez et ne vous lassez pas ; égalez les imprécations aux calamités ; percez de vos plaintes l'air fétide qui nous enveloppe. Et si nos administrateurs, ingénieurs, directeurs des travaux publics n'ont pas de nez, qu'ils s'aperçoivent, à leurs dépens, qu'ils ont des oreilles.

Agréez, monsieur, l'assurance de mes sentiments distingués.

Duchesse de ***.

Je puis, duchesse, vous rassurer dans une certaine mesure. Le Conseil municipal, que vous accusez, s'occupe de la question avec une activité sage. Une députation de conseillers municipaux est allée voir, il y a quelques jours, les expériences de Gennevilliers. C'est là, duchesse, et non ailleurs, qu'est la solution de cette question irritante, comme j'aurai l'honneur de vous le démontrer, si vous voulez bien continuer à lire le *XIXe Siècle*.

Car, moi aussi, je suis allé à Gennevilliers; vous y pouvez aller vous-même; il n'y a pas de voyage plus court. Mais les Parisiens aiment mieux crier que de s'instruire.

I

Il est bien probable que dans une dizaine d'années cette question des odeurs de Paris, qui nous a si fort tourmentés, n'existera plus; l'Administration en a trouvé la solution, une solution pratique et qui aurait pu être déjà réalisée, si...

Ah! dame! il y a un *si!* Vous croyez sans doute que je vais ajouter : si la réalisation n'en devait pas coûter si cher; si elle ne devait pas grever d'un nombre énorme de millions le budget de la Ville et celui de l'État. Eh bien, non! Les travaux seraient relativement peu dispendieux; il y a plus, la Ville et l'État seraient sûrs, ou à peu près, de rentrer, au bout de quelques années, dans leurs avances. Non, ce n'est pas là que gît la difficulté.

Où donc est-elle?

C'est que le projet des ingénieurs vient se heurter contre les répugnances d'un public qu'il faut absolument ménager. Ces répugnances, si on les examine à la lumière de la saine et froide raison, sont absurdes ; elles n'ont pas leur raison d'être. Mais, vous le savez tous, une répugnance, c'est affaire de sentiment, et le sentiment ne raisonne pas. Qu'y a-t-il de plus tenace au monde qu'un préjugé ? La répugnance est un préjugé de la sensibilité, comme le préjugé est une répugnance de l'esprit.

C'est donc le public qu'il faudrait persuader.

Ah ! si le public avait le temps ou le goût de lire les livres de science, d'écouter les hommes compétents, il aurait bien vite fait de s'éclairer ! Le préjugé céderait devant la clarté des déductions scientifiques et emporterait la répugnance de la foule.

Mais il n'y a pas lieu d'espérer que la foule mettra le nez dans les rapports que les directeurs des travaux de Paris adressent à l'Administration. dans les bouquins que les hygiénistes écrivent sur ces matières abstraites, dans les comptes rendus des débats académiques. Il faut donc présenter, sous une forme plus intelligible, plus aisée, les vérités acquises et tenues pour certaines par les gens du métier.

Je m'en vais les dépouiller de tout appareil de démonstration scientifique, préférant au détail rigoureux et précis celui qui me semblera le plus propre à l'imagination.

Aussi bien ce petit travail ne s'adresse-t-il point aux ingénieurs, qui n'ont rien, bien entendu, à apprendre de moi, mais aux bonnes gens qui ne savent que peu de chose de la question, et qui malheureusement, par un penchant trop naturel à l'homme, l'ont tranchée dans leur esprit sans en vouloir rien apprendre.

Il n'est pas un Parisien qui ne connaisse la presqu'île de Gennevilliers, de nom, à vrai dire, plus que de fait. Combien peu d'entre nous ont visité ce coin de terre et s'y sont arrêtés ! On en parle ; on n'y va pas.

Si vous voulez bien vous reporter à n'importe quelle carte des environs de Paris, vous aurez l'explication de ce mystère.

Imaginez un homme se courbant en deux, les bras parallèlement allongés, comme pour empêcher quelqu'un de s'échapper à droite ou à gauche, vous aurez l'aspect de la Seine à cet endroit. La cavité que feront et la portion renflée du dos et les deux bras tendus, c'est la presqu'île de Gennevilliers. Un des deux bras la tient à l'écart de Paris, dont elle n'est distante que de deux ou trois kilomètres ; l'autre la sépare de ces jolies contrées, si chères au touriste parisien : Sannois. Montmorency, Ermont.

Ni au nord, ni au midi, la presqu'île de Gennevilliers n'a de porte ouverte sur l'extérieur que par un très petit nombre de points.

Elle n'est point traversée par de grandes routes : deux chemins de fer passent l'un à droite, celui de Saint-Denis (Nord), l'autre à gauche, celui d'Asnières et d'Argenteuil (Ouest). Aucun des deux ne l'entame. Ils la bornent au contraire, ils l'enserrent, et emportent des deux côtés, le long du pays, les voyageurs qui ne la voient que du haut des wagons et n'ont jamais eu l'idée de s'y attarder une fois.

C'est donc un pays parfaitement isolé, et qui jusqu'en ces dernières années était resté, pour ainsi dire, en dehors de toute civilisation. Les habitants, j'allais dire les indigènes, tenaient quelque peu du sauvage.

Beaucoup n'étaient jamais sortis de leur presqu'île et ne connaissaient que par ouï-dire Paris, qu'ils touchaient en quelque sorte de la main. Ils avaient gardé les mœurs farouches qu'on ne trouve plus que dans certains villages perdus, au fond de provinces montagneuses et de difficile accès.

Il faut dire aussi que la terre où habitaient ces pauvres gens n'était pas riche et ne pouvait fournir à de nombreux échanges.

La Seine autrefois, j'entends aux temps préhistoriques, avait empli toute cette vallée de ses eaux ; peu à peu, elle s'était creusé, le volume de son débit se réduisant, un lit moins vaste, celui que nous lui voyons à cette heure.

Le terrain laissé par elle était du sable de rivière sur lequel s'était étendue une maigre couche de terre plus ou moins végétale, sur laquelle il ne croissait pas grand'chose. Ceux de vous qui souhaiteraient des renseignements précis sur la formation du bassin de la Seine n'ont qu'à lire un ouvrage extrêmement curieux qui vient de paraître : la *Physiographie* de M. Huxley. Le titre est un peu barbare ; mais ne vous laissez pas rebuter par le nom scientifique du livre. Achetez-le, étudiez-le ; vous y trouverez une série de leçons familières, à la portée de tout le monde, même du plus ignorant, sur les vicissitudes par où notre terre a passé avant d'être ce que nous la voyons, sur celles qui l'attendent, puisque la nature tout entière est dans un perpétuel devenir. Je ne connais guère d'ouvrage scientifique plus clair, plus amusant, plus instructif.

Il s'y trouve une longue étude sur la formation du bassin de la Seine. Et si je vous le signale, c'est que les documents administratifs dont je me suis servi sont rares et d'une lecture qui n'est pas toujours commode. Huxley est un des plus merveilleux vulgarisateurs qui aient pris soin d'initier la foule aux découvertes de la Science.

Tel était donc l'état de cette presqu'île de Gennevilliers il y a quelques années.

A deux kilomètres de Paris, à une portée de fusil d'Asnières, elle était une sorte d'oasis de la barbarie en pleine civilisation. La population, qui était peu dense, cultivait tant bien que mal un sol rebelle. Elle n'avait qu'à gratter la terre pour rencontrer le sable stérile et l'aride caillou. Quelques maisons de campagne avaient poussé çà et là autour de Gennevilliers même ; mais c'était par exception, car l'émigration de la bourgeoisie parisienne en quête de villas passait à côté et poussait généralement plus loin.

Les personnes qui s'y étaient arrêtées n'avaient pu être séduites que par le bon marché des terrains.

Il semblait que ce pays, frappé d'une sorte de malédiction, ne dût jamais se relever de cette déchéance, lorsque, en 1866, la Commission des égouts de Paris le choisit pour théâtre d'une expérience qui devait en changer heureusement la face.

II

Allez-vous-en à *Clichy-la-Garenne ;* la promenade n'est pas longue : et si vous ne voulez pas y aller à pied ou en voiture, prenez tout bonnement le chemin de fer d'Asnières. Une fois là, rendez-vous à l'endroit où Paris, par l'énorme bouche du collecteur de Clichy, verse dans la Seine le torrent souterrain de ses eaux d'égout.

Ce n'est pas, je l'avoue, un spectacle bien attrayant : il répugne à l'odorat comme à la vue, mais il est curieux, et vous ne vous ferez une idée juste de l'importance de la question que si vous avez regardé un instant le fleuve à ce point de jonction.

En amont, les eaux sont limpides ; elles miroitent gaiement sous le soleil et invitent à s'y baigner. Vous les voyez aussitôt changer de couleur. On ne peut pas dire précisément qu'elles noircissent ; elles prennent cet aspect plombé que revêt le ciel en un jour d'orage. Une sorte d'huile grasse, tirant sur le roux, se répand sur toute la surface de l'eau, de l'une à l'autre rive. Il semble que le fleuve charrie plus péniblement un liquide épais, chargé de cadavres puants et de détritus infects.

À vos pieds, à la bouche même de l'égout, ce sont de vastes nappes d'une matière noirâtre et vaseuse, dont l'odeur ne peut se soutenir. Aussi loin que les yeux peuvent porter en aval, on voit couler lentement une sorte de bouillie morne, qui s'éclaire parfois, sous un rayon de soleil, des reflets glauques. Suivez le cours de la Seine, descendez jusqu'à Chatou et à Bougival, c'est à peine si l'eau, dans ce long parcours, a eu le temps de s'éclaircir. Qui de vous, aimables habitués de la Grenouillère, ne se rappelle le regard d'appréhension mélancolique qu'il a jeté sur cette eau brouillée, avant de piquer une tête dans ce qu'il appelait la limonade ?

Hélas ! mes amis, descendez encore, allez du Pecq à Conflans, de Conflans à

Andrésy, vous retrouverez partout cette limonade. Ce n'est qu'à Poissy que le fleuve commence à s'épurer ; les matières en suspension ont fini par tomber, et l'eau recouvre, ou à peu près, sa limpidité primitive.

La Seine, dit M. Alfred Durand-Claye, l'ingénieur qui s'est le plus occupé de cette question, la Seine, depuis Clichy-la-Garenne jusqu'aux abords de Poissy, est convertie en un vaste foyer de fermentation et d'infection, et n'offre plus dans cette partie de son cours qu'une eau impropre à tous les usages domestiques, mortelle aux poissons, répandant à travers l'atmosphère des émanations fétides, sinon malsaines, et cela aux portes mêmes de la capitale, au milieu de contrées luxuriantes, au pied des élégantes villas qui peuplent la splendide vallée de la Seine.

Voilà qui est bien ; mais ces plaintes, qui font sentir toute la force du mal, n'aident point à en trouver le remède.

S'il y a une chose certaine au monde, c'est qu'une ville comme Paris ne peut pas garder ses immondices chez elle. Il faut qu'elle s'en débarrasse. Où et comment ?

La première solution qui se présente à l'esprit est celle qui a été adoptée presque partout, parce que la nature l'indiquait elle-même, celle que nous venons de voir pratiquer à Paris : laisser aux égouts suivre la pente des lieux et les lâcher à la rivière qui les emportera au vaste réceptacle de l'Océan.

Mais voilà un fleuve souillé, charriant la maladie et la mort ; voilà des bancs de matières putrescibles se formant dans son lit, et forçant à d'énormes et incessants travaux de dragage ; voilà enfin la vie se retirant de ses eaux, et la végétation de ses bords.

Ah ! si l'on pouvait n'envoyer à la rivière les eaux d'égouts qu'épurées et inoffensives !

On a proposé beaucoup de moyens, qui tous se peuvent ramener à trois principaux :

Le premier est ce que les savants nomment l'*épuration chimique*. Le procédé consiste à introduire artificiellement dans les eaux d'égout une ou plusieurs substances qui ont la propriété d'accélérer la précipitation des matières en suspension dans un liquide.

Le deuxième est l'*épuration mécanique*. Il consiste à laisser l'eau se décharger dans de vastes bassins des matières encombrantes et lourdes, puis à la filtrer à travers des appareils *ad hoc*.

Un autre procédé du même genre est celui qu'a proposé M. Lauth, du Conseil municipal. Il m'a paru si ingénieux que je pense qu'il vous intéressera, comme il m'a intéressé moi-même. Les matières putrescibles ne peuvent être décomposées et transformées que par des animalcules qui ont besoin d'oxygène pour vivre ; et c'est même pour cela que le fleuve garde toujours intacts les dépôts d'immondices qui s'engouffrent dans ses eaux.

Il serait donc possible de purifier, dans une certaine mesure, et de rendre inoffensives les eaux d'égout, en les saturant d'air, en les *barbotant* ; c'est le terme scientifique, qui se trouve être le terme pittoresque.

Mais ce ne serait pas une petite affaire de barboter, ou, si vous aimez mieux, d'aérer une masse d'eau d'égout qui n'est pas moindre de 260,000 mètres cubes par vingt-quatre heures.

M. Lauth lui-même a reconnu les impossibilités où se heurterait son système dans l'application et l'a abandonné de très bonne grâce.

Tous ces procédés, outre qu'après essai préalable ils ont présenté dans la pratique des difficultés presque insurmontables, sur le détail desquelles je n'insisterai pas, ont un inconvénient grave.

Il ne suffit pas, dit M. Durand-Claye, que les eaux d'égout soient épurées ; il faut encore, pour ne pas appauvrir le sol et la production agricole du pays, que les matières fertilisantes contenues dans ces eaux soient utilisées pour la culture, et que les procédés d'épuration appliqués par les villes conservent ces richesses au lieu de les laisser perdre sans profit pour personne.

Ce n'est pas dans une feuille qui n'a pas la prétention d'être spéciale en ces matières qu'il convient de donner les analyses chimiques à l'aide desquelles les savants ont établi le degré du pouvoir fertilisant des eaux d'égout parisiennes. Un seul détail vous en donnera une idée. Vous n'êtes pas sans avoir vu, et surtout sans avoir senti, dans la plaine d'Argenteuil, ces énormes tas d'immondices, de *gadoue*, dont les vignerons se servent pour fumer leurs vignes. Cette gadoue n'est autre chose que de la boue de Paris avec ses résidus. Elle se vend fort cher et constitue un assez bon engrais. L'eau d'égout lui est infiniment supérieure, et nous la jetons à la Seine.

Cette seule considération suffirait à faire repousser un projet dont les Parisiens ont plus d'une fois causé :

Il s'agirait de construire un égout qui longerait la Seine dans tout son parcours et porterait à la mer toutes les déjections de la grande ville : un fleuve de boue parallèle à l'autre. Ce serait dépenser des centaines de millions pour se donner le moyen d'en perdre des centaines d'autres.

C'est une pure folie à laquelle les ingénieurs n'ont jamais sérieusement songé.

Il n'y a pour eux qu'un procédé qui, en même temps qu'il renvoie à la rivière une eau parfaitement limpide, utilise et rend à la terre les principes fertilisants de l'eau d'égout : c'est l'épuration par le sol.

Nous verrons au prochain chapitre en quoi ce procédé consiste et comment Gennevilliers fut choisi pour champ d'expérience.

III

La première idée qui aurait dû venir aux hommes de science était, à ce qu'il semble, celle d'épurer les eaux d'égout en les filtrant à travers un sol approprié à cette fonction.

C'est le procédé que la nature indique elle-même.

Vous avez tous, un jour de promenade, recueilli dans le creux de votre main un peu de cette eau fraîche qu'épanche une source au flanc d'une colline ou au coin d'un bois. Elle est claire, limpide, délicieuse.

D'où vient-elle pourtant?

C'est de l'eau de pluie, qui, souvent, a coulé sur un toit, qui est arrivée sur la terre chargée, souillée de matières végétales et animales.

Elle a lentement cheminé à travers le sol, elle s'y est jour à jour débarrassée des impuretés qu'elle charriait avec elle; elle jaillit, à la sortie, purifiée et nette.

Le sol a donc joué le rôle d'épurateur, ou, si vous aimez mieux, de filtre.

Les chimistes n'ont pas manqué d'analyser ce phénomène qui est des plus simples.

Lorsque des eaux impures, celles des égouts, si vous voulez, puisque nous parlons d'égouts, sont versées sur un sol meuble, friable, les matières insolubles sont d'abord arrêtées à la surface, comme elles le seraient par le filtre artificiel de l'humble fontaine de votre cuisine. Quelques particules assez ténues pour franchir ce premier obstacle sont bientôt fixées un peu plus bas. Tel est le premier effet produit; c'est un simple filtrage mécanique.

L'eau, déchargée de ces matières insolubles, descend plus avant; le sol s'en imbibe: chaque particule de terre s'enveloppe d'une couche de liquide extrêmement mince.

Alors voici ce qui arrive :

Peut-être vous rappelez-vous ce que je vous ai dit dans mon premier article des immondices jetées à l'eau. Les matières organiques ne s'y décomposent pas, parce que les milliards d'animalcules, chargés par la nature de les transformer, ont besoin d'oxygène pour vivre.

Eh bien, l'eau d'égout, se divisant ainsi dans le sol qu'elle parcourt, présente à l'air qui ne cesse d'y circuler une surface énorme : c'est alors que s'opère, grâce à ce travail invisible des infiniment petits de la nature, la combustion des matières organiques dissoutes dans cette eau sale.

On dit que le feu purifie tout. Il n'y a pas, en effet, de matière organique si impure, si malsaine, que le feu ne transforme, avec le concours de l'oxygène de l'air, en composés minéraux absolument inoffensifs.

Dans l'intérieur du sol se passe un phénomène de même ordre, non plus violent et visible comme le feu, mais lent, sans aucun signe extérieur. Ce n'en est pas moins une combustion qui réduit toute impureté en acide carbonique, eau et azote. Il lui arrive même d'être plus parfaite que la combustion vive. Les matières insolubles retenues à la surface n'y échappent pas elles-mêmes, surtout quand le labour les a incorporées dans le sol. Tout ce qui reste est un sable extrêmement fin, qui comptera désormais parmi les éléments minéraux de la terre.

Une fois ce travail accompli, l'eau s'échappe absolument limpide à la première issue qu'elle trouve, en suivant la pente des lieux : une partie en est pompée et évaporée par les plantes.

Il est clair qu'il faut proportionner la quantité d'eau que l'on verse sur un terrain à son étendue et à son pouvoir comburant.

Vous avez vu que la combustion n'est pas instantanée; elle se fait lentement au contraire. Si l'eau traverse trop vite les couches des filtres où elle doit s'épurer, le sol n'aura pas le temps de brûler les matières organiques qu'elle contient, il les laissera passer, et elle en sortira toute souillée encore.

C'est un calcul à faire.

Il a été fait en Angleterre d'abord par M. Frankland, puis à Paris par nos ingénieurs, qui se sont servis des procédés du savant anglais.

Ils ont fait passer journellement 10 litres d'eau d'égout sur une caisse remplie de terre prise à Gennevilliers : la caisse avait 2 mètres de haut sur 80 centimètres de large.

L'épuration a été complète.

S'ils avaient choisi, pour cette expérience de laboratoire, une parcelle de sol empruntée à la presqu'île de Gennevilliers, vous pensez bien que ce n'était pas sans motif. Ils avaient reconnu que ce sol caillouteux, facilement perméable, était merveilleusement propre au filtrage des eaux d'égout, et ils se proposaient de répéter l'expérience en grand dans ce pays même.

Il faut ajouter qu'ils avaient d'autres données plus pratiques. L'épuration par le sol est un procédé depuis longtemps en usage en Angleterre, où il a donné les plus sérieux résultats.

L'application la plus commune du procédé d'épuration par le filtrage à travers le sol est celle qui a été faite par M. Bailey Denton, à Merthyr-Tydfil, à partir de l'année 1870. L'irrigation est pratiquée à raison de 180 à 240,000 mètres cubes par hectare et par an; le sol filtrant à une profondeur de 2 mètres, l'épuration est aussi complète qu'on peut le désirer.

Les ingénieurs avaient trouvé qu'un hectare de sol de Gennevilliers pouvait épurer complètement 57,000 mètres d'eau d'égout.

L'essai fut résolu.

Mais ils allaient se heurter à une difficulté qu'il était facile de prévoir.

Je vous suppose propriétaire à Gennevilliers; on vient vous dire :

« Monsieur, votre terrain est exécrable, il n'y pousse rien ; nous allons, si vous le permettez, y verser tous les jours de l'eau d'égout, vous savez bien, cette eau noirâtre et infecte que vous voyez à Asnières sortir du grand collecteur, etc. »

Vous ne laisseriez pas à coup sûr achever la phrase. « Jamais de la vie ! vous écrieriez-vous.

On aurait beau vous remontrer que cette eau d'égout est un engrais très puissant; que vous pourrez, grâce à lui, cultiver tout ce qui vous plaira; que vous enverrez au marché des choux énormes, des carottes monstrueuses et de délicieux navets.

Tous ces beaux raisonnements ne vous convaincraient point. « De l'eau d'égout ! Ah bien, merci ! On veut nous empoisonner ! »

Ainsi parleriez-vous, vous, monsieur, qui me lisez, et cependant vous êtes sans doute un homme instruit et par cela même libre de préjugés. L'éducation que vous avez reçue vous a mis à même d'écouter et de comprendre des arguments tirés de la science : vous êtes capable de vous éclairer sur une question en étudiant les rapports des hommes compétents : vous n'avez pas contre eux cette défiance bête du paysan, qui ne croit qu'à la routine et repousse de parti pris toute innovation.

Jugez un peu de la façon dont les naturels de Gennevilliers, les sauvages que je vous ai dépeints au premier chapitre, durent accueillir les propositions qui leur furent faites.

Ils reculèrent d'horreur.

On s'y attendait.

La Ville acheta un certain nombre d'hectares qu'elle destinait à être le premier champ d'expériences.

Elle comptait bien que si ces expériences réussissaient, comme on était en droit de l'espérer, ce seraient les paysans eux-mêmes qui viendraient demander cette eau qu'ils refusaient si énergiquement aujourd'hui.

IV

M. Durand-Claye a dit une grande vérité, lorsqu'il écrit dans le Rapport présenté à la Ville de Paris :

Certes, il est souhaitable que toutes les eaux d'égout élevées par des machines à des niveaux suffisants soient conduites au loin par des canaux et utilisées avec empressement par l'agriculture. Mais, pour mener à bien une si vaste entreprise, il faut le concours de tous les intéressés, principalement celui des détenteurs du sol, et ce concours ne sera obtenu que lorsque les cultivateurs comprendront combien l'emploi des eaux d'égout leur serait profitable. *L'utilisation de ces eaux est au fond une question d'instruction.*

Combien de temps faudra-t-il pour faire cette instruction ? Combien pour vaincre des habitudes invétérées de culture, pour en faire adopter de nouvelles ? Une telle révolution ne peut se faire en quelques années.

C'est à cette tâche d'enseignement que s'était vouée l'Administration des eaux de Paris, et Gennevilliers fut la première école qu'elle ouvrit.

À grands frais, je vous prie de le croire.

Il fallut d'abord construire une machine élévatoire. Vous pouvez l'aller visiter, si le cœur vous en dit, car elle est ouverte à toute personne qui le demande. Elle est nette et luisante comme un sou neuf. L'ingénieur qui me la montrait m'a dit en souriant : « C'est dans le maniement des ordures qu'il faut le plus de propreté. Le cabinet d'aisances doit être l'endroit le mieux tenu de la maison. »

De cette usine, les eaux d'égout prirent le chemin des terres qu'avait achetées l'Administration, et voilà qu'en deux ou trois ans, de ce sol aride, les indigènes virent avec étonnement pousser des choux énormes, des carottes monstrueuses, de prodigieux navets, sans parler des arbres à fruits, qui venaient que c'était merveille !

Vous croyez que ce spectacle les convainquit ? Non : un très petit nombre se rendirent d'abord : ce furent surtout les gens des environs, ceux d'Argenteuil, de Cormeilles, de Montmorency, qui se laissèrent séduire. L'Administration proposait son eau fertilisante à qui en demanderait ; elle s'engageait à la donner gratis et, qui plus est, à faire les premiers frais d'établissement. Ces cultivateurs exotiques, moins entêtés dans leurs préjugés que ceux de la presqu'île même, s'enhardirent à louer des terres ; ils les louèrent presque pour rien, car le terrain ne valait pas cher, et quelques-uns sont en train de faire des fortunes. Leur exemple gagna peu à peu ; l'Administration ne pressait personne : elle attendait. Mais, à mesure qu'un nouveau client se présentait, aussitôt elle se mettait en devoir de le satisfaire. C'était un néophyte conquis à la bonne cause, qui en amènerait d'autres.

Et elle en avait besoin de ces renforts incessants, car elle avait à résister aux terribles assauts de la routine. C'était de toutes parts contre elle, et surtout dans le pays qu'elle enrichissait, un concert de réclamations et de récriminations. Si l'eau montait par hasard dans une cave, le propriétaire criait comme un brûlé, et tout le village se joignait à lui. La moindre flaque de pluie servait de prétexte à des plaintes sans fin. Et les délibérations de conseils municipaux, et les rapports de commissions, et les pétitions au ministre allaient leur train. L'Administration ne répondait rien ; elle laissait parler les faits, qui déposaient en sa faveur. Elle savait qu'on finit toujours par avoir raison, quand on a raison.

Les huissiers se mirent de la partie. On lui fit procès sur procès. Elle en soutint quelques-uns, ceux qui lui semblaient par trop ridicules ou injustes. La plupart du temps, elle désintéressait le propriétaire, même alors qu'elle pensait être sûre que le dommage n'était pas de son fait.

Quelquefois, c'est elle qui était dans son tort ; car l'expérience seule, et une longue expérience pouvait apprendre à régler convenablement le dosage et la distribution de l'eau. Elle l'avouait de bonne grâce et faisait les travaux nécessaires pour que l'inconvénient ne se renouvelât plus. C'est ainsi qu'elle a organisé un vaste système de drainage qui, en facilitant l'écoulement des eaux purifiées, a séché toutes les caves et ramené les puits à leur niveau normal.

Elle a, dans cette longue lutte contre l'esprit de routine, déployé une patience et une ingéniosité admirables. Songez que son premier essai date de 1866 ; il y a donc seize ans qu'elle a ouvert cette école dont parle M. Durand-Claye, et si les résistances ont beaucoup diminué de nombre et d'intensité, elles ne sont pas encore toutes vaincues, tant un préjugé est tenace ! tant il est difficile d'arracher de l'esprit des hommes une vieille habitude, une idée préconçue !

Actuellement, dit le Rapport de 1879, l'irrigation s'étend à Gennevilliers sur près de 400 hectares, et consomme de 40 à 50,000 mètres cubes par hectare et par an. Ce développement continu est dû à l'initiative des cultivateurs. L'usage de l'eau est absolument libre, et aucun propriétaire n'est obligé d'en prendre.

Je supplie mes lecteurs de se donner le plaisir d'un tour de promenade dans ce merveilleux jardin maraîcher. Il n'y a rien de plus curieux et, j'ose le dire, de plus amusant que ce spectacle. Les champs ressemblent à des étoffes rayées ; les rayures sont de petites rigoles, qui occupent toute la longueur des champs. L'eau d'égout est amenée, par les canaux souterrains de l'Administration, jusqu'à la lisière de chacun des champs.

Chaque propriétaire a son robinet qu'il ouvre et ferme à volonté. Le robinet est-il ouvert, on voit l'eau qui s'engage dans toutes ces petites rigoles, le flot poussant le flot, jusqu'à ce qu'elle atteigne le bout. Le cultivateur n'a plus qu'à fermer le robinet, et la distribution s'arrête. L'eau filtre lentement à travers le terrain qu'elle rafraîchit et qu'elle engraisse.

Au fond de ces rigoles se forme un dépôt noirâtre composé des matières minérales et organiques que contiennent les eaux d'égout. Après quelque temps d'évaporation à l'air, il prend l'aspect d'un feutre constitué par des poils et des débris de végétaux. On peut soit l'incorporer à la terre au moyen du labour, soit l'enlever et le vendre comme terreau.

Les tranches de sol que divisent ces rigoles ont un aspect tout particulier. La terre superficielle y est légère, friable et presque floconneuse. Elle s'écrase aisément à la main. C'est une espèce de poussière grasse et noire. Il paraît que cette poussière est d'une grande fertilité, car la végétation est admirable.

Les légumes qui y poussent sont superbes; on a prétendu que, comme le lapin sent le chou dont il fut nourri, le chou de Gennevilliers sent la vase. Rien n'est plus faux : des expériences répétées ont prouvé que les légumes de Gennevilliers ne diffèrent point par la saveur de tous les autres. J'en puis répondre moi-même, en ayant mangé, et avec grand plaisir.

C'est comme pour l'odeur! On assure que la presqu'île infecte. Je ne sais pas comment on peut avancer de pareilles bourdes, qu'il est si aisé de convaincre de fausseté. Gennevilliers n'est pas si loin de Paris. Allez-y, vous verrez que, si en effet vous mettez le nez sur les rigoles, elles exhalent une odeur, je ne dirai pas *infecte*, mais fade, comme celle qu'ont perçue tous ceux qui ont fait aux égouts de Paris la visite légendaire. A 2 mètres, ça ne sent plus rien, — rien du tout.

N'en croyez pas là-dessus les on-dit. Vous avez un nez, que diable! servez-vous-en. Faites ce que j'ai fait. J'ai voulu voir, j'ai vu, comme dit le poète.

D'autres objections se sont produites. Si vous n'êtes pas las, nous les examinerons ensemble. Rassurez-vous : cette étude touche à sa fin.

V

« Ah! mon Dieu! s'écriaient les trembleurs, la plaine de Gennevilliers, transformée en marais va devenir inhabitable! La fièvre paludéenne y fait déjà des ravages; elle se répandra sur les contrées environnantes. C'est la fin de ce pays. »

La fièvre paludéenne! A ce mot tiré du latin on grelottait déjà de peur.

La vérité est que les indigènes des parties irriguées se portent comme des charmes; qu'on n'a jamais soupçonné dans toute cette partie de la presqu'île l'ombre d'une maladie épidémique ni endémique, que ce sont des contes à dormir debout, et qu'avant de crier : « à la fièvre », comme on crie « au loup », il faudrait au moins avoir vu la queue d'un loup.

L'établissement du barrage de Bezons avait un instant relevé le niveau de la nappe souterraine, ce qui devait contrarier l'écoulement des eaux d'égout : on a depuis, par des travaux de drainage, remédié à cet inconvénient, qui a été passager; tout est rentré dans l'ordre, et c'est le cas d'user ici de la locution familière aux gens de la campagne : à cette heure, le pays est sain comme l'œil.

« Cela est possible pour le moment, répliquent les alarmistes. Mais les matières putrides, déposées à la surface des champs irrigués, s'accumuleront d'année en année et finiront par former, à la surface des champs, une couche imperméable de détritus organiques, un foyer d'émanations insalubres. »

Quel drôle de raisonnement! Les hommes qui présentent cette objection sont les mêmes qui, chaque année, répandent ou voient répandre sur un champ du fumier ou de la gadoue, et qui n'en prennent aucun ombrage. Ils savent bien que ces détritus ne forment pas une couche qui va croissant d'année en année: qu'ils sont absorbés dans la terre et qu'ils y disparaissent. Eh bien ! les matières organiques contenues dans les égouts ont le même sort.

Les prés de Lausanne, d'Édimbourg, de Milan et de Novare, après des irrigations séculaires à l'eau d'égout, ne diffèrent point, quant à la nature et à la salubrité de la couche superficielle, des terres végétales des prés irrigués avec l'eau ordinaire.

Ils ne sont devenus ni des marais ni des dépotoirs. Pourquoi en serait-il autrement de la presqu'île de Gennevilliers?

« Oui, mais, reprennent nos contradicteurs, votre filtre finira par s'encrasser. Il ne conservera pas longtemps ce pouvoir épurateur dont vous faites tant de bruit. Vous continuerez d'y verser votre eau sale; elle ne passera plus, et c'est pour le coup que nous jouirons en plein des bienfaits de votre dépotoir. »

Les ingénieurs ont répondu d'une façon bien spirituelle.

M. Schlœsing, un des plus éminents chimistes de ce temps, a très proprement découpé dans la presqu'île de Gennevilliers deux tranches de terreau : l'une dans le jardin de la ville, qui était irrigué depuis sept ans, l'autre dans un champ voisin qui n'avait jamais reçu d'eau d'égout.

Dans chacune de ces tranches, on a pris des échantillons du sol, d'abord à la surface, puis de 50 en 50 centimètres en descendant. On n'a observé aucune différence apparente, si ce n'est dans l'état d'humidité, entre ces deux tranches.

Ce résultat était du reste prévu.

Il n'y a pas d'exemple d'une terre arable perméable qui ait été rendue imperméable par de copieuses fumures.

C'est ainsi qu'ont été réfutées, l'une après l'autre, et non point par des déductions théoriques, toujours sujettes à caution, mais par les faits mêmes, par la pratique quotidienne, toutes les objections des adversaires du système.

M. Durand-Claye a pu écrire dans son Rapport :

Après un examen approfondi des diverses questions que soulève l'épuration des eaux d'égout, la Commission supérieure a été d'avis, à *l'unanimité*, que l'emploi des eaux d'égout pour l'arrosage des terres constituait, parmi les procédés consacrés par l'usage, celui qui a donné les meilleurs résultats pour l'épuration de ces eaux et pour l'utilisation des matières fertilisantes qu'elles contiennent.

La Ville de Paris pouvait dès lors considérer l'expérience de Gennevilliers comme absolument concluante.

Il ne lui restait plus qu'à marcher de l'avant.

La presqu'île de Gennevilliers ne pouvait épurer qu'une assez faible partie des eaux sales versées quotidiennement par les collecteurs de la grande ville.

Il fallait chercher un terrain plus vaste, où l'on pût répandre le reste, afin de ne renvoyer à la Seine qu'une eau parfaitement filtrée.

Reportez-vous, je vous prie, à la carte des environs de Paris. Vous pouvez voir que la Seine, après s'être pliée autour de la presqu'île de Gennevilliers, redescend au sud-ouest vers Chatou, Bougival, Marly ; puis, après avoir contourné Crossy et Le Pecq, remonte vers le nord-est, longe toute la forêt de Saint-Germain et forme enfin, par un long repli, entre Sartrouville, Andrésy et Achères, une nouvelle presqu'île beaucoup plus large que celle de Gennevilliers, mais qui est toute semblable si l'on ne considère que la nature du terrain.

Là aussi ce sont des relais de sable et de caillou qu'a abandonnés la Seine, quand elle a, aux temps préhistoriques, resserré son cours. Ces immenses espaces de terrain sont restés plus stériles encore que ceux de Gennevilliers ; car on n'était point sollicité par la proximité de Paris à en tirer un produit quelconque, ni même à y bâtir de campagne. Ce terrain stérile et nu va rejoindre la forêt de Saint-Germain, qui occupe la plus grande partie de la presqu'île.

Les ingénieurs de la Ville de Paris se sont dit : Voilà des centaines d'hectares dont on ne fait rien, dont on ne peut rien faire. Ils sont perdus pour l'agriculture ; le bois même n'y peut croître ; car la forêt de Saint-Germain s'en vient mourir là, sur cette lisière indéterminée de sable, où elle pousse péniblement de rares et maigres taillis.

Eh bien ! nous n'avons qu'à percer en ligne droite de Clichy-la-Garenne, où se trouve notre usine élévatoire, jusques à cette plaine désolée. La distance n'est pas longue. Elle paraît considérable aux Parisiens, parce qu'ils ne connaissent les environs de Paris que par les bateaux qui suivent les courbes immenses de la Seine, ou par les chemins de fer qui ont euxmêmes leurs plis et leurs replis.

Ce sera un égout de trois ou quatre lieues à construire. Nous y verserons tout ce que n'emploie pas la presqu'île de Gennevilliers, nous l'expédierons là-bas, et deux ou trois ans nous suffiront pour transformer ce désert de cailloux en riches prairies et en jardins fruitiers.

Les ingénieurs croyaient, en élaborant ce projet, que l'éducation du public était faite; que seize ans d'expériences heureusement poursuivies à Gennevilliers avaient eu raison du préjugé.

Ils ne tardèrent pas à voir qu'ils s'étaient trompés dans leurs calculs.

Au premier mot du projet divulgué, ce fut un soulèvement général.

VI

Il y a quelques mois, une délégation officielle du Conseil municipal se rendit, avec les ingénieurs de la Ville de Paris, dans cette plaine que l'on avait choisie pour lieu d'irrigation, derrière la forêt de Saint-Germain. Elle venait se rendre compte des travaux à exécuter, et décider en dernier ressort si on les entamerait.

Vous n'êtes pas sans vous rappeler le récit que les journaux firent de cette visite. De toutes les communes voisines avaient afflué des conseillers municipaux armés de protestations énergiques; des paysans affolés de terreur ou furieux de colère, qui montraient le poing aux ingénieurs, qui déclaraient qu'ils ne se feraient pas faute de culbuter les premiers tuyaux d'irrigation que l'on poserait.

Ce fut un déchaînement universel.

Les délégués du Conseil municipal de Paris ne savaient à qui entendre, et ils restaient stupéfaits de ces violences, qui leur paraissaient très déraisonnables.

Ils arrivaient de la presqu'île de Gennevilliers: on les avait promenés à travers ce spectacle que je vous ai décrit dans les précédents chapitres; ils avaient pu se convaincre, ayant comme nous des yeux et un nez, que les eaux d'égout versaient sur toute cette presqu'île la fertilité, la richesse et la santé. On leur avait même fait cette politesse, qui est à présent une des cérémonies traditionnelles de la visite à Gennevilliers, de leur offrir à boire, à son lieu d'évacuation, l'eau épurée, la même eaux qu'ils avaient vue cinq minutes auparavant se dégorger par les tuyaux d'arrosement, noire, sale, chargée de détritus et mal odorante. Ils en avaient bu, non sans une légère grimace, et ils l'avaient trouvée excellente. J'en ai bu comme les autres; les habitants de Gennevilliers la préfèrent à présent, pour tous les usages domestiques, à l'eau de la Seine, et ils ont raison; car cette eau n'est pas seulement agréable au goût, elle est conforme aux données de la science; elle a subi l'analyse de

M. Pasteur, qui a reconnu qu'il n'y en avait pas de plus saine, de plus nette, de plus exempte de microbes.

Ces messieurs étaient donc ravis de tout ce qu'on leur avait montré ; vous imaginez leur étonnement à voir se produire ces inexplicables effervescences d'opposition sans motif.

Eh quoi ! se disaient-ils, tous ces gens-là habitent à trois ou quatre lieues de Gennevilliers, il n'y en a pas un qui n'eût pu en une demi-journée se rendre compte du changement heureux apporté dans le pays par le nouveau système d'épuration : aucun n'a pris cette peine ; aucun n'a étudié sur le vif une question qui les intéresse si fort ! Voilà qu'ils rééditent les réclamations que nous avons entendues, il y a seize ans, avant toute expérience faite. Quelle chose étrange que le préjugé !

Les ingénieurs me permettront-ils de le leur dire : ils savent admirablement calculer les forces naturelles ; il y en a une dont ils n'ont jamais mesuré l'énergie, c'est celle de la bêtise humaine. Ils ne la font pas entrer en ligne de compte : ils ont tort.

Ils eussent dû joindre à leurs travaux scientifiques une petite brochure bien simple, bien claire, bien probante, qu'ils auraient répandue par milliers dans le département de Seine-et-Oise. Ils eussent dû organiser des conférences dans les localités que leurs projets ne pouvaient manquer d'effarer. Ils eussent dû surtout... Tenez ! cette carte que j'ai là sous les yeux [1], une carte extrêmement bien faite, où la distribution des eaux d'égout avec tous les accessoires qu'elle comporte est marquée de la façon la plus saisissante, eh bien ! cette carte, il eût fallu en inonder la contrée.

Je n'en dois la communication qu'à l'obligeance de M. Alphand, qui a bien voulu m'en délivrer un exemplaire. Mais on aurait dû la donner à tous les propriétaires du pays. Que dis-je ? il eût fallu la mettre (sur grand modèle) dans toutes les écoles primaires, et charger les instituteurs de l'expliquer aux enfants.

Ah ! messieurs les gens de science s'imaginent qu'il n'y a qu'à exposer des faits sous les yeux des hommes pour les convaincre ! Quelle erreur ! Mais voir un fait, le voir comme il est, en tirer les conséquences nécessaires et les adopter alors même qu'elles contrarient une idée préconçue, c'est une des besognes les plus difficiles qu'il y ait au monde. Les esprits les plus cultivés en sont seuls capables, et encore faut-il qu'ils fassent effort sur eux-mêmes.

C'est l'imagination, cette décevante maîtresse d'erreur, qui tourne les têtes des hommes.

Il suffit d'un mot — mais quel mot ! un mot terrible, celui de *dépotoir* — pour démontrer tous les raisonnements du monde :

[1] *Voir* la Carte à la fin de la brochure.

« Ah! l'on veut faire de notre pays un dépotoir!

— Mais il n'est pas question de cela!

— Nous ne souffrirons jamais un dépotoir à nos portes.

— Mais point du tout; puisque au contraire...

— C'est pour nous empoisonner, n'est-ce pas? un dépotoir!

— Jamais de la vie, nous voulons...

— Nous mourrons comme des mouches! Un dépotoir! »

C'est le « tarte à la crème » du marquis de Molière. Car on trouve tout dans ce Molière!

Le croiriez-vous? parmi les plus enragés se trouvaient des habitants de Saint-Germain qui pleuraient déjà sur leur fameuse terrasse désertée. Or, Saint-Germain est séparé de la plaine d'épuration par huit kilomètres de forêt; et, à trois mètres... mettons à dix, si vous voulez, à cent, si vous aimez mieux... eh bien! à cent mètres, il est impossible, à n'importe quel nez, de percevoir n'importe quelle odeur émanée des champs soumis à l'irrigation.

En vain on disait à Saint-Germain : La Seine roule au pied de votre colline un limon chargé de matières organiques; c'est cette eau-là que vous buvez. Nous allons, en jetant là-bas bien loin, derrière vous, les eaux d'égout qui la souillent, vous la donner claire, limpide, sans odeur. Vous n'avez qu'à gagner au change.

« Un dépotoir! s'écriaient-ils.

— Mais, reprenait-on, toute cette plaine est inculte: la forêt de Saint-Germain s'arrête à la lisière, et les maigres taillis qui poussent sur ce sol stérile forment une si laide promenade que personne ne s'en sert. Ce sont là des pays perdus et pour la culture et pour l'agrément. Nous allons les transformer en gras pâturages, en jardins maraîchers, en terres à céréales même: car l'engrais de l'eau d'égout, quoi qu'en dise un préjugé idiot, est tout aussi bon au blé qu'aux choux et aux navets.

— Un dépotoir! » répétaient-ils.

Et jamais ils ne sont sortis de là; et il faudra dix ans d'expériences heureuses pour les convaincre.

En somme, dit le Rapport de M. Durand-Claye, quel sera le résultat des travaux de la Ville de Paris ?... De substituer à quelques bois chétifs et aux maigres cultures que chacun peut voir le long du chemin de fer de Conflans, en traversant Achères, de vastes prairies luxuriantes, qui favoriseront le développement de l'industrie laitière. Y a-t-il rien là qui soit de nature à déprécier les centres de villégiature des rives de la Seine, entre Maisons, Saint-Germain et Poissy ? En quoi le voisinage de riches pâturages pourrait-il leur nuire ? Et n'y aurait-il pas au contraire, dans l'extension de l'industrie du laitage à la porte des villas et des châteaux, de nouveaux éléments d'attraction?

Un dernier mot en dira plus que tout le reste. A Gennevilliers, l'hectare de bon terrain, de terrain agricole, se louait de 100 à 150 francs avant les irrigations. Il se loue à cette heure de 300 à 500 francs, c'est-à-dire que la propriété a doublé et même triplé de prix.

La Ville de Paris n'a pour le moment d'autre objectif que de se débarrasser de ses eaux d'égout, sans infecter le fleuve et ses riverains. Elle espère bien, dans un demi-siècle, en tirer un revenu considérable, quand les préjugés auront été vaincus.

Ainsi, dans le premier projet des ingénieurs, l'aqueduc de douze kilomètres (aqueduc souterrain e. couv ...) qui doit porter en ligne droite les eaux d'égout de la machine élévatoire de Clichy sur les derrières de la forêt de Saint-Germain, devait être pourvu sur la route de nombreux branchements. On aurait pu distribuer sur le parcours l'eau fertilisante à qui l'eût demandée.

Ce sont les communes traversées par l'aqueduc qui ont aveuglément, absurdement, stupidement réclamé. Les ingénieurs ont supprimé les branchements de leurs plans primitifs.

Dans dix ans, elles se jetteront aux genoux de l'Administration pour en avoir, et elles seront obligées de les payer.

Quelque extension que puisse encore prendre la Ville de Paris, l'épuration intégrale de toutes les eaux d'égout est assurée pour plusieurs siècles, grâce à ce projet.

M. Durand-Claye croit même que l'on pourra, quand il sera exécuté, verser directement à l'égout toutes les matières de vidanges, qui prendront le même chemin.

Mais ça, c'est une autre question, qui demanderait de longs développements, et qui ne pourra être utilement abordée que lorsque les champs d'épuration fonctionneront aux environs d'Achères, comme dans la presqu'île de Gennevilliers.

Francisque Sarcey.

Paris. — Imp. Gauthier-Villars, 55, quai des Grands-Augustins

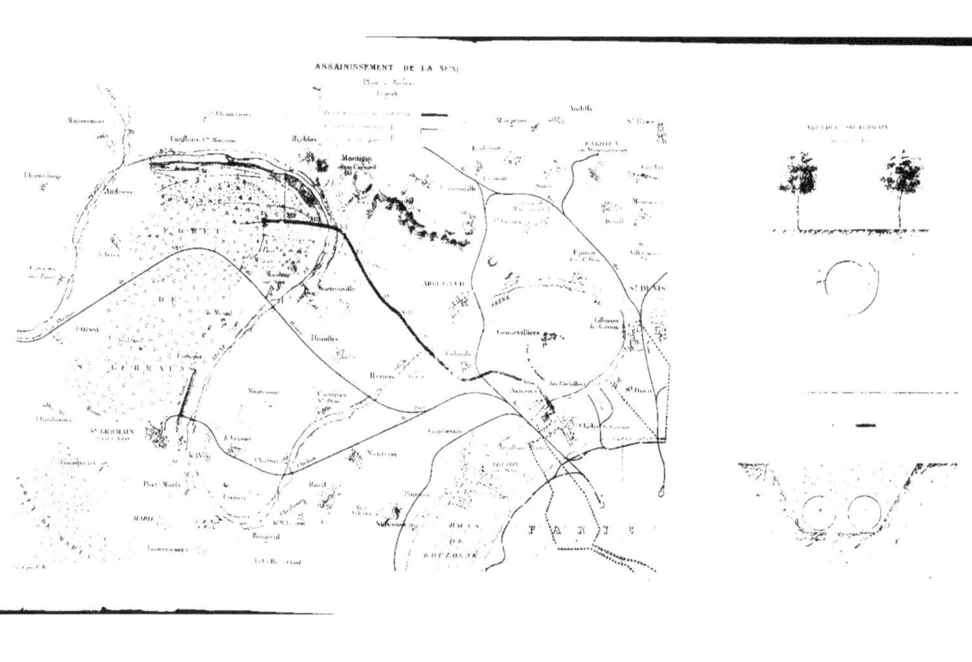

ASSAINISSEMENT DE LA SEINE
PARIS
BOIS DE BOULOGNE
St DENIS
ARGENTEUIL
Gennevilliers
St GERMAIN

www.ingramcontent.com/pod-product-compliance
Ingram Content Group UK Ltd.
Pitfield, Milton Keynes, MK11 3LW, UK
UKHW031714170726
13836UKWH00001B/220